हिन्द पॉकेट बुक्स

वेताल पच्चीसी

की कहानियाँ (भाग 1)

वेताल पचीसी पच्चीस कथाओं से युक्त एक ग्रन्थ है। इसके रचयिता वेताल भट्ट हैं, जो न्याय के लिए प्रसिद्ध राजा विक्रम के नौ रत्नों में से एक थे। ये कथाएँ राजा विक्रम की न्याय-शक्ति का बोध कराती हैं। वेताल प्रतिदिन एक कहानी सुनाता है और अन्त में राजा से ऐसा प्रश्न कर देता है कि राजा को उसका उत्तर देना ही पड़ता है। उसने शर्त लगा रखी है कि अगर राजा बोलेगा तो वह उससे रूठकर फिर से पेड़ पर जा लटकेगा। लेकिन यह जानते हुए भी सवाल सामने आने पर राजा से चुप नहीं रहा जाता। वेताल पच्चीसी की इन कहानियों को छोटों और किशोरों के लिए सजाया संवारा गया है। ये प्रेरक कहानियाँ बहुत ही आसान भाषा में रोचक ढंग से लिखी गई हैं, ताकि इन्हें याद करने में भी आसानी होगी। इसमें आकर्षक चित्र भी दिए गए हैं और साथ ही आपकी परीक्षा के लिए प्रश्नोत्तरी भी, हल कीजिए और अपने ज्ञान की परीक्षा आप स्वयं कीजिए।

लेखक की अन्य पुस्तकें

- हमारे राष्ट्रीय खेल
- हमारा राष्ट्रीय पुष्प कमल
- हमारा राष्ट्रीय पक्षी मोर
- हमारा राष्ट्रीय गीत
- हमारी राष्ट्रीय संस्कृति वैदिक
- हमारा राष्ट्रीय फल आम
- हमारा राष्ट्रीय चिह्न अशोक चक्र
- हमारा राष्ट्रीय वृक्ष बरगद
- हमारी राष्ट्रीय जलचर डॉल्फिन
- हमारी राष्ट्रीय नदी गंगा
- हमारा राष्ट्रीय ग्रंथ गीता
- हमारे राष्ट्रीय पर्व और दिवस
- हमारे राष्ट्रीय स्मारक
- हमारा राष्ट्रीय ध्वज तिरंगा
- हमारे राष्ट्रीय विरासत स्थल
- हमारी राजभाषा हिन्दी
- हमारे नेशनल पार्क
- लोकप्रिय बाल गीत
- हमारे देशभक्ति गीत
- हमारे राष्ट्रीय गीत
- शहीदों के अमर गीत
- महाभारत की कहानियाँ
- पुराणों की कहानियाँ
- रामायण की कहानियाँ
- बेताल पचीसी, दो भागों में
- महापुरुषों का बचपन
- महाराणा प्रताप
- बहादुर बेटी मलाला

सुरुचिपूर्ण एवं प्रेरणादायक सचित्र कहानियाँ

वेताल पच्चीसी

की कहानियाँ

(भाग 1)

मूल लेखक

वेताल भट्ट

हिन्दी रूपान्तरण

तेजपाल सिंह धामा

हिन्द पॉकेट बुक्स

पेंगुइन रैंडम हाउस इम्प्रिंट

हिन्द पॉकेट बुक्स

यूएसए | कनाडा | यूके | आयरलैंड | ऑस्ट्रेलिया | सिंगापुर
न्यू ज़ीलैंड | भारत | दक्षिण अफ्रीका | चीन

हिन्द पॉकेट बुक्स, पेंगुइन रैंडम हाउस ग्रुप ऑफ़ कम्पनीज़ का हिस्सा है,
जिसका पता global.penguinrandomhouse.com पर मिलेगा

पेंगुइन रैंडम हाउस इंडिया प्रा. लि.,
चौथी मंजिल, कैपिटल टावर -1, एम जी रोड,
गुड़गांव-122002, हरियाणा, भारत

पेंगुइन
रैंडम हाउस
इंडिया

प्रथम हिन्दी संस्करण हिन्द पॉकेट बुक्स द्वारा 2014 में प्रकाशित
यह हिन्दी संस्करण हिन्द पॉकेट बुक्स में पेंगुइन रैंडम हाउस द्वारा 2022 में प्रकाशित

10 9 8 7 6 5 4 3 2

इस पुस्तक में व्यक्त विचार लेखक के अपने हैं, जिनका यथासंभव तथ्यात्मक
सत्यापन किया गया है, और इस संबंध में प्रकाशक एवं सहयोगी
प्रकाशक किसी भी रूप में उत्तरदायी नहीं हैं।

ISBN 9789353491253

मुद्रकः रेप्रो इंडिया लिमिटेड

www.penguin.co.in

FSC
www.fsc.org
MIX
Paper from
responsible sources
FSC® C047271

क्रम

कथा भूमिका

हजारों साल पुरानी बात है। धारा नगरी में गंधर्वसेन नामक राजा राज करते थे। उनकी चार रानियाँ थीं। उनके छह लड़के थे, जो सब-के-सब बड़े ही चतुर और बलवान थे। संयोग से एक दिन राजा की मृत्यु हो गई और उनकी जगह उनका बड़ा बेटा शंख गद्दी पर बैठा। उसने कुछ दिन राज किया, वह बड़ा ही अत्याचारी था, इसलिए छोटे भाई विक्रम ने उसे एक दिन तब मार डाला, जब वह एक पराई स्त्री का शील हरण करने के प्रयास में था और इस प्रकार विक्रम स्वयं राजा बन बैठा।

उसका राज्य दिनोंदिन बढ़ता गया और वह सारे जम्बूद्वीप का राजा बन बैठा। एक दिन उसके मन में आया कि उसे घूमकर सैर करनी चाहिए और जिन देशों के नाम उसने सुने हैं, उन्हें देखना चाहिए। सो वह गद्दी अपने छोटे भाई भर्तृहरि को सौंपकर, योगी बन कर, राज्य से निकल पड़ा। उस नगर में एक ब्राह्मण तपस्या करता था। एक दिन देवता ने प्रसन्न होकर उसे एक फल दिया और कहा कि इसे जो भी खाएगा, वह अमर हो जाएगा। ब्राह्मण ने वह फल लाकर अपनी पत्नी को दिया और देवता की बात भी बता दी।

ब्राह्मणी बोली, ‘‘हम अमर होकर क्या करेंगे? हमेशा भीख माँगते

रहेंगे। इससे तो मरना ही अच्छा है। तुम इस फल को ले जाकर राजा को दे आओ और बदले में कुछ धन ले आओ।''

यह सुनकर ब्राह्मण फल लेकर राजा भर्तृहरि के पास गया और सारा हाल कह सुनाया। भर्तृहरि ने फल ले लिया और ब्राह्मण को एक लाख रुपए देकर विदा कर दिया।

भर्तृहरि अपनी एक रानी पिंगला को बहुत चाहता था। उसने महल में जाकर वह फल उसी को दे दिया। रानी की मित्रता शहर-कोतवाल से थी। उसने वह फल कोतवाल को दे दिया। कोतवाल एक वेश्या के पास जाया करता था। वह उस फल को उस वेश्या को दे आया। वेश्या ने सोचा कि यह फल तो राजा को खाना चाहिए। वह उसे लेकर राजा भर्तृहरि के पास गई और उसे दे दिया। भर्तृहरि ने उसे बहुत-सा धन दिया, लेकिन जब उसने फल को अच्छी तरह से देखा तो पहचान लिया। उसे बड़ी चोट लगी, पर उसने किसी से कुछ कहा नहीं। उसने महल में जाकर रानी पिंगला से पूछा कि तुमने उस फल का क्या किया? रानी ने कहा, ''मैंने उसे खा लिया।''

राजा ने वह फल निकालकर दिखा दिया। रानी घबरा गई और उसने सारी बात सच-सच कह दी। भर्तृहरि ने पता लगाया तो उसे पूरी बात ठीक-ठीक मालूम हो गई। वह बहुत दुःखी हुआ। उसने सोचा, 'यह दुनिया माया-जाल है। इसमें अपना कोई नहीं।' वह फल लेकर बाहर आया और उसे धुलवाकर स्वयं खा लिया। फिर राजपाट छोड़, योगी का भेस बना, जंगल में तपस्या करने चला गया। भर्तृहरि के जंगल में चले जाने से विक्रम की गद्दी सूनी हो गई। जब राजा इन्द्र को यह समाचार मिला तो उन्होंने एक देव को धारा नगरी की रखवाली के लिए भेज दिया। वह रात-दिन वहीं रहने लगा।

भर्तृहरि के राजपाट छोड़कर वन में चले जाने की बात विक्रम को मालूम हुई तो वह लौटकर अपने देश में आया। आधी रात का समय था। जब वह नगर में घुसने लगा तो देव ने उसे रोका।

राजा ने कहा, "मैं विक्रम हूँ। यह मेरा राज है। तुम मुझे रोकने वाले कौन होते हो?"

देव बोला, "मुझे राजा इन्द्र ने इस नगर की चौकसी के लिए भेजा है। तुम सचमुच राजा विक्रम हो तो आओ, पहले मुझसे लड़ो।" दोनों में लड़ाई हुई। राजा ने जरा-सी देर में देव को पछाड़ दिया।

तब देव बोला, "हे राजन! तुमने मुझे हरा दिया। मैं तुम्हें जीवन-दान देता हूँ।"

इसके बाद देव ने कहा, "राजन्, एक नगर और एक नक्षत्र में तुम तीन आदमी पैदा हुए थे। तुमने राजा के घर में जन्म लिया, दूसरे ने तेली के और तीसरे ने कुम्हार के। तुम यहाँ पर राज करते हो, तेली पाताल पर राज करता था। कुम्हार ने योग साधकर तेली को मारकर श्मशान में पिशाच बना सिरस के पेड़ से लटका दिया है। अब वह तुम्हें मारने की फिराक में है। उससे सावधान रहना।" इतना कहकर देव चला गया और राजा महल में आ गया। राजा को वापस आया देख सबको बड़ी प्रसन्नता हुई। नगर में आनन्द मनाया गया। विक्रम फिर राज करने लगा।

एक दिन की बात है कि शान्तिशील नाम का एक योगी विक्रम के पास दरबार में आया और उसे एक फल देकर चला गया। राजा को आशंका हुई कि देव ने जिस आदमी को बताया था, कहीं यह वही तो नहीं है! यह सोच उसने फल नहीं खाया, भण्डारी को दे

दिया। योगी आता और राजा को एक फल दे जाता। संयोग से एक दिन राजा अपना अस्तबल देखने गया था। योगी वहीं पहुँचे और फल राजा के हाथ में दे दिया। राजा ने उसे उछाला तो वह हाथ से छूटकर धरती पर गिर पड़ा। उसी समय एक बन्दर ने झपटकर उसे उठा लिया और तोड़ डाला। उसमें से एक लाल निकला, जिसकी चमक से सबकी आँखें चौंधिया गईं। राजा को बड़ा अचरज हुआ।

उसने योगी से पूछा, "आप यह लाल मुझे रोज क्यों दे जाते हैं?"

योगी ने जवाब दिया, "महाराज! राजा, गुरु, ज्योतिषी, वैद्य और बेटी, इनके घर कभी खाली हाथ नहीं जाना चाहिए।"

राजा ने भण्डारी को बुलाकर पीछे के सब फल मँगवाए। तुड़वाने पर सबमें से एक-एक लाल निकला। इतने लाल देखकर राजा को बड़ा हर्ष हुआ। उसने जौहरी को बुलवाकर उनका मूल्य पूछा।

जौहरी बोला, "महाराज, ये लाल इतने कीमती हैं कि इनका मोल करोड़ों रुपयों में भी नहीं आँका जा सकता। एक-एक लाल एक-एक राज्य के बराबर है।" यह सुनकर राजा उसे अकेले में ले गया।

वहाँ जाकर योगी ने कहा, "महाराज, बात यह है कि गोदावरी नदी के किनारे मसान में मैं एक मंत्र सिद्ध कर रहा हूँ। उसके सिद्ध हो जाने पर मेरा मनोरथ पूरा हो जाएगा। तुम एक रात मेरे पास रहोगे तो मंत्र सिद्ध हो जाएगा। एक दिन रात को हथियार बाँधकर तुम अकेले मेरे पास आ जाना।"

विक्रम ने कहा, "अच्छी बात है।"

इसके उपरान्त योगी दिन और समय बताकर अपने मठ में चला

गया। वह दिन आने पर राजा अकेला वहाँ पहुँचा। योगी ने उसे अपने पास बिठा लिया।

थोड़ी देर बैठकर राजा ने पूछा, "महाराज, मेरे लिए क्या आज्ञा है?"

योगी ने कहा, "राजन्, यहाँ से दक्षिण दिशा में दो कोस की दूरी पर मसान में एक सिरस के पेड़ पर एक मुर्दा लटका है। उसे मेरे पास ले आओ, तब तक मैं यहाँ पूजा करता हूँ।"

यह सुनकर राजा वहाँ से चल दिया। बड़ी भयंकर रात थी। चारों ओर अँधेरा फैला था। पानी बरस रहा था। भूत-प्रेत शोर मचा रहे थे। साँप आ-आकर पैरों में लिपटते थे। लेकिन राजा हिम्मत से आगे बढ़ता गया। जब वह मसान में पहुँचा तो देखता क्या है कि शेर दहाड़ रहे हैं, हाथी चिंघाड़ रहे हैं, भूत-प्रेत आदमियों को मार रहे हैं। राजा बेधड़क चलता गया और सिरस के पेड़ के पास पहुँच गया। पेड़ जड़ से फुनगी तक आग से दहक रहा था। राजा ने सोचा, हो-न-हो, यह वही योगी है, जिसकी बात देव ने बतायी थी। पेड़ पर रस्सी से बँधा मुर्दा लटक रहा था। राजा पेड़ पर चढ़ गया और तलवार से रस्सी काट दी। मुर्दा नीचे गिर पड़ा और दहाड़ मार-मार कर रोने लगा।

विक्रम ने नीचे आकर पूछा, "तू कौन है?"

विक्रम का इतना कहना था कि वह मुर्दा खिलखिलाकर हँस पड़ा। राजा को बड़ा अचरज हुआ। तभी वह मुर्दा फिर पेड़ पर जा लटका। राजा फिर चढ़कर ऊपर गया और रस्सी काट, मुर्दे को बगल में दबा, नीचे आया।

विक्रम बोला, "बता, तू कौन है?"

मुर्दा चुप रहा।

तब राजा ने उसे एक चादर में बाँधा और योगी के पास ले चला।

रास्ते में वह मुर्दा बोला, "मैं वेताल हूँ। तू कौन है और मुझे कहाँ ले जा रहा है?"

राजा ने कहा, "मेरा नाम विक्रम है। मैं धारा नगरी का राजा हूँ। मैं तुझे योगी के पास ले जा रहा हूँ।"

वेताल बोला, "मैं एक शर्त पर चलूँगा। अगर तू रास्ते में बोलेगा तो मैं लौटकर पेड़ पर जा लटकूँगा।"

राजा ने उसकी बात मान ली।

फिर वेताल बोला, "पण्डित, चतुर और ज्ञानी, इनके दिन अच्छी-अच्छी बातों में बीतते हैं, जबकि मूर्खों के दिन कलह और नींद में। अच्छा होगा कि हमारी राह भली बातों की चर्चा में बीत जाए। मैं तुझे एक कहानी सुनाता हूँ। ले, सुन।"

पाप किसने किया?

काशी में प्रतापमुकुट नाम का राजा राज्य करता था। उसका बज्रमुकुट नाम का एक बेटा था। एक दिन राजकुमार दीवान के लड़के को साथ लेकर शिकार खेलने जंगल गया। घूमते-घूमते रास्ते में उन्हें एक तालाब मिला। तालाब में बहुत सारे कमल खिले थे और हंस किलोल कर रहे थे। किनारों पर घने पेड़ थे, जिन पर पंछी चहचहा रहे थे। दोनों मित्र वहाँ रुक गए और तालाब के पानी में हाथ-मुँह धोकर ऊपर महादेव के मंदिर पर गए। घोड़ों को उन्होंने मंदिर के बाहर बांध दिया। वो मंदिर में दर्शन कर के बाहर आए तो देखता क्या है कि तालाब के किनारे राजकुमारी अपनी सहेलियों के साथ स्नान करने आई हैं। दीवान का लड़का तो वहीं एक पेड़ के नीचे बैठा रहा, पर राजकुमार से न रहा गया।

राजकुमार ने उसकी ओर देखा तो वह उसपर मोहित हो गया। राजकुमारी भी उसकी तरफ देखती रही। फिर उसने अपने जूड़े में से कमल का फूल निकाला, कान से लगाया, दाँत से कुतरा, पैरों के नीचे दबाया और फिर छाती से लगा, अपनी सखियों के साथ चली गई। उसके जाने पर राजकुमार निराश हो अपने मित्र के पास आया और सब हाल सुनाकर बोला, ''मैं इस राजकुमारी के बिना

नहीं रह सकता। पर मुझे न तो उसका नाम मालूम है, न ठिकाना। वह मुझे कैसे मिलेगी?"

दीवान के लड़के ने कहा, "राजकुमार आप इतना घबराए नहीं। वह सब कुछ बता गई हैं।"

राजकुमार ने पूछा, "कैसे?"

वह बोला, "उसने कमल का फूल सिर से उतार कर कानों से लगाया तो उसने बताया कि मैं कर्नाटक की रहनेवाली हूँ। दाँत से कुतरा तो उसका मतलब था कि मैं दंतबाट राजा की बेटी हूँ। पाँव से दबाने का मतलब था कि मेरा नाम पद्मावती है और छाती से लगाकर उसने बताया कि तुम मेरे हृदय में बस गए हो।" इतना सुनना था कि राजकुमार प्रसन्नता से फूल उठा। बोला, "अब मुझे कर्नाटक देश में ले चलो।"

दोनों मित्र वहाँ से चल दिए। घूमते-फिरते दोनों कई दिन बाद वहाँ पहुँचे। राजा के महल के पास गए तो एक बुढ़िया अपने द्वार पर बैठी चरखा कातती मिली। उसके पास जाकर दोनों घोड़ों से उतर पड़े और बोले, "माई, हम सौदागर हैं। हमारा सामान पीछे आ रहा है। हमें रहने को थोड़ी जगह दे दो।"

उनकी शक्ल-सूरत देखकर और बात सुनकर बुढ़िया के मन में ममता उमड़ आयी। बोली, "बेटा तुम्हारा घर है। जब तक जी में आए, रहो।"

दोनों वहीं ठहर गए। दीवान के बेटे ने उससे पूछा, "माई, तुम क्या करती हो? तुम्हारी गुजर कैसे होती है?"

बुढ़िया ने उत्तर दिया, "बेटा, मेरा एक बेटा है जो राजा की

चाकरी में है। मैं राजा की बेटी पद्मावती की धाय थी। बूढ़ी हो जाने से अब घर में रहती हूँ। राजा खाने-पीने को दे देता है। दिन में एक बार राजकुमारी को देखने महल में जाती हूँ।''

राजकुमार ने बुढ़िया को कुछ धन दिया और कहा, ''माई, कल तुम वहाँ जाओ तो राजकुमारी से कह देना की जेठ सुदी पंचमी को तुम्हें तालाब पर जो राजकुमार मिला था, वह आ गया है।''

अगले दिन जब बुढ़िया राजमहल गई तो उसने राजकुमार का सन्देश उसे दे दिया। सुनते ही राजकुमारी ने गुस्सा होकर हाथों में चन्दन लगाकर उसके गाल पर तमाचा मारा और कहा, ''मेरे घर से निकल जा।'' बुढ़िया ने घर आकर सब हाल राजकुमार को कह सुनाया। राजकुमार हक्का-बक्का रह गया। तब उसके मित्र ने कहा, ''राजकुमार, आप घबराए नहीं, उसकी बातों को समझे। देखो उसने उँगलियाँ सफेद चन्दन में मारी, इसका मतलब अभी दस रोज चाँदनी के हैं। उसके बीतने पर मैं अँधेरी रात में मिलूँगी।''

दस दिन के बाद बुढ़िया ने फिर राजकुमार की खबर दी तो इस बार उसने केसर के रंग में तीन उँगलियाँ डुबोकर उसके मुँह पर मारी और कहा, ''भाग यहाँ से।''

बुढ़िया ने आकर सारी बात राजकुमार को बता दी। राजकुमार शोक से व्याकुल हो गया। दीवान के लड़के ने राजकुमार को समझाया, ''इसमें हैरान होने की बात क्या है? उसने कहा है कि मुझे मासिक धर्म हो रहा है। तीन दिन और ठहरो।

तीन दिन बीतने पर बुढ़िया फिर वहाँ पहुँची। इस बार राजकुमारी ने उसे बेलन दिखाते हुए फटकार कर पच्छिम की खिड़की से बाहर

निकाल दिया। उसने आकर राजकुमार को सब बात बताई। सुनकर दीवान का लड़का बोला –

"मित्र, उसने आज रात को तुम्हें उस खिड़की की राह बुलाया है।" मारे प्रसन्नता के राजकुमार उछल पड़ा। समय आने पर उसने बढ़िया-सी पोशाक पहनी, इत्र लगाया, हथियार बाँधे। दो पहर रात बीतने पर वह महल में जा पहुँचा और खिड़की में से होकर अन्दर पहुँच गया। राजकुमारी वहाँ तैयार खड़ी थी। वह उसे भीतर ले गई। अन्दर के हाल देखकर राजकुमार की आँखें खुल गई। एक से बढ़कर एक चीजें थीं। रात-भर राजकुमार राजकुमारी के साथ रहा। जैसे ही दिन निकला राजकुमारी ने राजकुमार को छिपा दिया और रात होने पर फिर बाहर निकाल लिया। इस तरह कई दिन बीत गए।

अचानक एक दिन राजकुमार को अपने मित्र की याद आई। उसे चिंता हुई की पता नहीं उसका क्या हुआ होगा। उसे उदास देखकर राजकुमारी ने कारण पूछा तो उसने बता दिया। बोला, "वह मेरा बड़ा प्यारा दोस्त है, बड़ा चतुर है। उसकी चतुरता ही से तो तुम मुझे मिल पाई हो।"

राजकुमारी ने कहा, "मैं उसके लिए बढ़िया-बढ़िया भोजन बनवाती हूँ। तुम उसे खिलाकर, तसल्ली देकर लौट आना।"

खाना साथ लेकर राजकुमार अपने मित्र के पास पहुँचा। वे महीने भर से नहीं मिले थे, राजकुमार ने मिलने पर सारा हाल सुनाकर कहा कि राजकुमारी को मैंने तुम्हारी चतुराई की सारी बातें बता दी हैं, तभी तो उसने यह भोजन बनाकर भेजा है।

दीवान का लड़का सोच में पड़ गया। उसने कहा, "यह तुमने

अच्छा नहीं किया। राजकुमारी समझ गई की जबतक मैं हूँ, वह तुम्हें अपने वश में नहीं रख सकती। इसलिए उसने इस खाने में ज़हर मिलाकर भेजा है।"

यह कहकर दीवान के लड़के ने थाली में से एक लड्डू उठाकर कुत्ते के आगे डाल दिया। लड्डू खाते ही कुत्ता मर गया। राजकुमार को बहुत बुरा लगा। उसने कहा, "ऐसी स्त्री से भगवान् बचाए। मैं अब उसके पास नहीं जाऊँगा।"

दीवान का बेटा बोला, "नहीं, अब ऐसा उपाय करना चाहिए, जिससे हम उसे घर ले चलें। आज रात को तुम वहाँ जाओ। जब राजकुमारी सो जाए तो उसकी बायीं जाँघ पर त्रिशूल का निशान बनाकर उसके गहने लेकर चले आना।"

राजकुमार ने ऐसा ही किया। उसके आने पर दीवान का बेटा उसे साथ ले, योगी का भेस बना, मरघट में जा बैठा और राजकुमार से कहा कि तुम ये गहने लेकर बाजार में बेच आओ। कोई पकड़े तो कह देना मेरे गुरु के पास चलो और उसे यहाँ ले आना। राजकुमार गहने लेकर शहर गया और महल के पास एक सुनार को गहने दिखाए। देखते ही सुनार ने गहने पहचान लिए और कोतवाल के पास ले गया। कोतवाल ने पूछा तो उसने कह दिया कि ये मेरे गुरु ने मुझे दिए हैं। गुरु को भी पकड़वा लिया गया। सब राजा के सामने पहुँचे।

राजा ने पूछा, "योगी महाराज, ये गहने आपको कहाँ से मिले?"

योगी बने दीवान के बेटे ने कहा, "महाराज, मैं मसान में काली

चौदस को डाकिनी-मंत्र सिद्ध कर रहा था कि डाकिनी आई। मैंने उसके गहने उतार लिए और उसकी बायीं जाँघ पर त्रिशूल का निशान बना दिया।"

इतना सुनकर राजा महल में गया और उसने रानी से कहा कि पद्मावती की बायीं जाँघ पर देखो कि त्रिशूल का निशान तो नहीं है। रानी ने देखा तो था। राजा को बड़ा दुःख हुआ। बाहर आकर वह योगी को एक ओर ले जाकर बोला, "महाराज, धर्मशास्त्र में खोटी स्त्रियों के लिए क्या दण्ड है?"

योगी ने उत्तर दिया, "राजन, ब्राह्मण, गऊ, स्त्री, लड़का और अपने आसरे में रहनेवालों से कोई खोटा काम हो जाए तो उसे देश-निकाला दे देना चाहिए।" यह सुनकर राजा ने पद्मावती को डोली में बिठा कर जंगल में छुड़वा दिया। राजकुमार और दीवान का बेटा तो ताक में बैठे ही थे। राजकुमारी को अकेली पाकर साथ ले अपने नगर में लौट आए और आनंद से रहने लगे।

इतनी बात सुनाकर वेताल बोला, "राजन् यह बताओ कि पाप किसको लगा है?"

विक्रम ने कहा, "पाप तो राजा को लगा। दीवान के बेटे ने अपने स्वामी का काम किया। कोतवाल ने राजा का कहना माना और राजकुमार ने अपना मनोरथ सिद्ध किया। राजा ने पाप किया, जो बिना विचारे उसे देश-निकाला दे दिया।"

राजा का इतना कहना था कि वेताल फिर उसी पेड़ पर जा लटका। राजा वापस गया और वेताल को लेकर चल दिया। वेताल बोला, "राजन, सुनो एक कहानी और सुनाता हूँ।"

पति बनने का अधिकारी

यमुना के किनारे धर्मस्थान नाम का एक नगर था। उस नगर में गणाधिप नाम का राजा राज करता था। उसी नगर में एक केशव नाम का ब्राह्मण भी रहता था। ब्राह्मण यमुना के तट पर जप-तप किया करता था। उसकी एक पुत्री थी, जिसका नाम मालती था। वह अत्यंत रूपवती थी। जब वह विवाह के योग्य हुई तो उसके माता-पिता और भाई को चिंता हुई। संयोग से एक दिन जब ब्राह्मण अपने किसी यजमान की बरात में गया था और भाई पढ़ने गया था, तभी उसके घर एक ब्राह्मण का लड़का आया। लड़की की माँ ने उसके रूप और गुणों को देखकर उससे कहा कि मैं तुमसे अपनी लड़की का विवाह करूँगी। उधर ब्राह्मण पिता को भी एक दूसरा लड़का मिल गया और उसने उस लड़के को भी वचन दे दिया। उध र ब्राह्मण का लड़का जिधर पढ़ने गया था, वहाँ वह भी एक लड़के से यही वादा कर आया।

कुछ समय बाद बाप-बेटे घर में इकट्ठे हुए तो देखते क्या हैं कि वहाँ एक तीसरा लड़का और मौजूद है। दो उनके साथ आए थे। अब क्या हो? ब्राह्मण, उसका लड़का और ब्राह्मणी बड़े सोच में पड़ गए। दैवयोग से हुआ क्या की लड़की को साँप ने काट लिया

और लड़की मर गई। उसके बाप, भाई और तीनों लड़कों ने बहुत भाग-दौड़ की, जहर झाड़ने वाले को बुलाया, पर कोई परिणाम न निकला। सब अपनी-अपनी करके चले गए।

दुःखी होकर सब लोग उस लड़की को श्मशान में ले गए और क्रिया-कर्म कर आए। तीनों लड़कों में से एक ने उसकी हड्डियाँ चुनी और फकीर बनकर जंगल में चला गया। दूसरे ने राख की गठरी बाँधी और वहीं झोपड़ा डालकर रहने लगा। तीसरा योगी हो कर देश-देश घूमने लगा।

एक दिन की बात है, वह तीसरा लड़का घूमते-घूमते किसी नगर में पहुँचा और एक ब्राह्मणी के घर भोजन करने बैठा। जैसे ही उस घर की ब्राह्मणी भोजन परोसने आई कि उसके छोटे लड़के ने उसका आँचल पकड़ लिया। ब्राह्मणी से अपना आँचल छुड़ता नहीं था। ब्राह्मणी को बड़ा गुस्सा आया। उसने अपने लड़के को झिड़का, मारा-पिटा, फिर भी वह न माना तो ब्राह्मणी ने उसे उठा कर जलते चूल्हे में पटक दिया। लड़का जलकर राख हो गया। ब्राह्मण बिना भोजन किए ही उठ खड़ा हुआ। घर वालों ने ब्राह्मण को बहुत रोका मगर वह नहीं रुका। उसने कहा जिस घर में ऐसी राक्षसी हो, उस घर में मैं भोजन नहीं कर सकता। इतना सुनकर ब्राह्मणी भीतर गई और संजीवनी विद्या की पोथी लाकर एक मंत्र पढ़ा। जलकर राख हो चुका लड़का फिर से जीवित हो गया। यह देखकर ब्राह्मण सोचने लगा कि अगर यह पोथी मेरे हाथ पड़ जाए तो मैं भी उस लड़की को फिर से जिन्दा कर सकता हूँ। इसके बाद उसने भोजन किया और वहीं ठहर गया। जब रात को सब खा-पीकर सो गए तो ब्राह्मण चुपचाप वह पोथी लेकर चल दिया। जिस स्थान पर उस लड़की को

जलाया गया था, वहाँ जाकर उसने देखा कि दूसरे लड़के वहाँ बैठे बातें कर रहे हैं। इस ब्राह्मण के ये कहने पर कि उसे संजीवनी विद्या की पोथी मिल गई है और वह मंत्र पढ़कर लड़की को जिला सकता है, उन दोनों ने हड्डियाँ और राख निकाली। ब्राह्मण ने जैसे ही मंत्र पढ़ा, वह लड़की जी उठी। अब तीनों उसके पीछे आपस में झगड़ने लगे। इतना कहकर वेताल बोला, ''राजन, बताओ कि वह लड़की किसकी स्त्री होनी चाहिए?''

विक्रम ने उत्तर दिया, ''जो वहाँ कुटिया बनाकर रहा, उसकी।''

वेताल ने पूछा, ''क्यों?''

विक्रम बोला, ''जिसने हड्डियाँ रखी, वह तो उसके बेटे के बराबर हुआ। जिसने विद्या सीखकर जीवन-दान दिया, वह बाप के बराबर हुआ। जो राख लेकर रमा रहा वही उसका स्वामी बनने का अधिकारी है।'' विक्रम का यह उत्तर सुनकर वेताल फिर पेड़ पर जा लटका। विक्रम को फिर लौटना पड़ा और जब वह उसे लेकर चला तो वेताल ने तीसरी कहानी सुनाई।

सबसे अधिक पुण्य

वर्धमान नगर में रूपसेन नाम का राजा राज करता था। एक दिन उसके यहाँ वीरवर नाम का एक राजपूत नौकरी के लिए आया। राजा ने उससे पूछा कि उसे खर्च के लिए क्या चाहिए तो उसने उत्तर दिया, "हर दिन हजार तोले सोना।" सुनकर सबको बड़ा आश्चर्य हुआ। राजा ने पूछा, "तुम्हारे साथ कौन-कौन है?"

"मेरी स्त्री, बेटा और बेटी।"

राजा को और भी अचम्भा हुआ। अंततः चार जने इतने धन का क्या करेंगे? फिर भी उसने उसकी बात मान ली और लिखित रूप में उसे एक पत्र दे दिया कि हर दिन उसे हजार तोले सोना मिलेगा। उस दिन से वीरवर प्रतिदिन हजार तोले सोना भण्डारी से लेकर अपने घर आता। उसमें से आधा ब्राह्मणों में बाँट देता, बाकी के दो हिस्से करके एक मेहमानों, वैरागियों और संन्यासियों को देता और दूसरे से भोजन बनवाकर पहले गरीबों को खिलाता, उसके बाद जो बचता, उसे स्त्री-बच्चों को खिलाता, आप खाता। उसे काम यह था कि शाम होते ही ढाल-तलवार लेकर राजा के पलंग की चौकीदारी करना।

राजा को जब कभी रात को आवश्यकता होती, वह उपस्थित

रहता। एक बार आधी रात के समय राजा को मरघट की ओर से किसी के रोने की आवाज आई। उसने वीरवर को पुकारा तो वह आ गया। राजा ने कहा, "जाओ, पता लगाकर आओ कि इतनी रात गए यह कौन रो रहा है और क्यों रो रहा है?"

वीरवर तत्काल वहाँ से चल दिया। मरघट में जाकर देखता क्या है कि सिर से पाँव तक एक स्त्री गहनों से लदी कभी नाचती है, कभी कूदती है और सिर पीट-पीटकर रोती है। लेकिन उसकी आँखों से एक बूँद आँसू की नहीं निकलती।

वीरवर ने पूछा, "तुम कौन हो? क्यों रोती हो?"

उसने कहा, "मैं राज-लक्ष्मी हूँ। रोती इसलिए हूँ कि राजा रूपसेन के घर में खोटे काम होते हैं, इसलिए वहाँ दरिद्रता का डेरा पड़ने वाला है। मैं वहाँ से चली जाऊँगी और राजा दुःखी होकर एक महीने में मर जाएगा।"

"इससे बचने का कोई उपाय है?"

"हाँ, है। यहाँ से पूरब में एक योजन पर एक देवी का मन्दिर है। अगर तुम उस देवी पर अपने बेटे का शीश चढ़ा दो तो विपदा टल सकती है। फिर राजा सौ बरस तक बेखटके राज करेगा।"

वीरवर घर आया और अपनी स्त्री को जगाकर सब हाल कहा। स्त्री ने बेटे को जगाया, बेटी भी जाग पड़ी। जब बालक ने बात सुनी तो वह प्रसन्न होकर बोला, "आप मेरा शीश काटकर अवश्य चढ़ा दें। एक तो आपकी आज्ञा, दूसरे स्वामी का काम, तीसरे यह देह देवता पर चढ़े, इससे बढ़कर बात और क्या होगी! आप जल्दी करें।"

वीरवर ने अपनी पत्नी से कहा, "अब तुम बताओ।"

स्त्री बोली, "स्त्री का धर्म पति की सेवा करने में है।"

निदान, चारों जने देवी के मन्दिर में पहुँचे।

वीरवर ने हाथ जोड़कर कहा, "हे देवी, मैं अपने बेटे की बलि देता हूँ। मेरे राजा की सौ बरस की उम्र हो।"

इतना कहकर उसने इतने जोर से खांडा मारा कि लड़के का शीश धड़ से अलग हो गया। भाई का यह हाल देख कर बहन ने भी खांडे से अपना सिर अलग कर डाला। बेटा-बेटी चले गए तो दुःखी माँ ने भी उन्हीं का रास्ता पकड़ा और अपनी गर्दन काट दी। वीरवर ने सोचा कि घर में कोई नहीं रहा तो मैं ही जीकर क्या करूँगा। उसने भी अपना सिर काट डाला।

राजा को जब यह मालूम हुआ तो वह वहाँ आया। उसे बड़ा दुःख हुआ कि उसके लिए चार प्राणियों की जान चली गई। वह सोचने लगा कि ऐसा राज करने से धिक्कार है! यह सोच उसने तलवार उठा ली और जैसे ही अपना सिर काटने को हुआ कि देवी ने प्रकट होकर उसका हाथ पकड़ लिया।

देवी बोली, "राजन्, मैं तेरे साहस से प्रसन्न हूँ। तू जो वर माँगेगा, सो दूँगी। इस बात में कोई भी संदेह नहीं है। मैं अपने वचन का पालन अवश्य ही करूँगी।"

राजा ने कहा, "देवी, तुम प्रसन्न हो तो इन चारों को जीवित कर दो।"

देवी ने अमृत छिड़ककर उन चारों को फिर से जीवित कर दिया।

इतना कहकर वेताल बोला, "विक्रम, बताओ, सबसे अधिक पुण्य किसका हुआ?"

विक्रम बोला, "राजा का।"

वेताल ने पूछा, "क्यों? क्या तुम सही कह रहे हो, यदि हाँ तो मेरे प्रश्न का समाधान करो।"

विक्रम ने कहा, "इसलिए कि स्वामी के लिए चाकर का प्राण देना धर्म है, लेकिन चाकर के लिए राजा का राजपाट को छोड़, जान को तिनके के समान समझकर देने को तैयार हो जाना बहुत बड़ी बात है।" यह सुन वेताल गायब हो गया और पेड़ पर जा लटका। बेचारा विक्रमादित्य एक बार फिर दौड़ा-दौड़ा वहाँ पहुँचा और उसे फिर पकड़कर लाया तो वेताल ने चौथी कहानी कही और विक्रम इस चौथी कहानी को ध्यान से सुनने लगा।

सबसे बड़ा पापी

भोगवती नाम की एक नगरी थी। उसमें राजा रूपसेन राज करता था। उसके पास चिन्तामणि नाम का एक तोता था।

एक दिन राजा ने उससे पूछा, "हमारा विवाह किसके साथ होगा?"

तोते ने बताया, "मगध देश के राजा की बेटी चन्द्रावती के साथ होगा।"

राजा ने ज्योतिषी को बुलाकर पूछा तो उसने भी यही कहा। उधर मगध देश की राज-कन्या के पास एक मैना थी। उसका नाम था, मदन मंजरी। एक दिन राज-कन्या ने उससे पूछा कि मेरा विवाह किसके साथ होगा तो उसने कह दिया कि भोगवती नगर के राजा रूपसेन के साथ।

इसके बाद दोनों का विवाह हो गया। रानी के साथ उसकी मैना भी आ गई। राजा-रानी ने तोता-मैना का विवाह करके उन्हें एक पिंजड़े में रख दिया।

एक दिन की बात है कि तोता-मैना में बहस हो गई।

मैना ने कहा, "आदमी बड़ा पापी, दगाबाज़ और अधर्मी होता है।"

तोते ने कहा, "स्त्री झूठी, लालची और हत्यारी होती है।"

दोनों का झगड़ा बढ़ गया तो राजा ने कहा, "क्या बात है, तुम आपस में लड़ते क्यों हो?"

"महाराज, मर्द बड़े बुरे होते हैं।" मैना ने कहा।

इसके बाद मैना ने एक कहानी सुनाई।

इलापुर नगर में महाधन नाम का एक सेठ रहता था। विवाह के बहुत दिनों के बाद उसके घर एक लड़का पैदा हुआ। सेठ ने उसका बड़ी अच्छी तरह से लालन-पालन किया, पर लड़का बड़ा होकर जुआ खेलने लगा। इस बीच सेठ मर गया। लड़के ने अपना सारा धन जुए में खो दिया। जब पास में कुछ न बचा तो वह नगर छोड़कर चन्द्रपुरी नामक नगरी में जा पहुँचा। वहाँ हेमगुप्त नाम का साहूकार रहता था। उसके पास जाकर उसने अपने पिता का परिचय दिया और कहा कि मैं जहाज लेकर सौदागरी करने गया था। माल बेचा, धन कमाया, लेकिन लौटते समय समुद्र में ऐसा तूफ़ान आया कि जहाज डूब गया और मैं जैसे-तैसे बचकर यहाँ आ गया।

उस सेठ के एक लड़की थी – रत्नावती। सेठ को बड़ी प्रसन्नता हुई कि घर बैठे इतना अच्छा लड़का मिल गया। उसने उस लड़के को अपने घर में रख लिया और कुछ दिन बाद अपनी लड़की से उसका विवाह कर दिया। दोनों वहीं रहने लगे। अन्त में एक दिन वहाँ से विदा हुए। सेठ ने बहुत-सा धन दिया और एक दासी को उनके साथ भेज दिया।

रास्ते में एक जंगल पड़ता था। वहाँ आकर लड़के ने स्त्री से कहा, "यहाँ बहुत डर है, तुम अपने गहने उतारकर मेरी कमर में

बाँध दो।" लड़की ने ऐसा ही किया। इसके बाद लड़के ने कहारों को धन देकर डोले को वापस करा दिया और दासी को मारकर कुएँ में डाल दिया। फिर स्त्री को भी कुएँ में पटककर आगे बढ़ गया।

स्त्री रोने लगी। एक मुसाफिर उधर से जा रहा था। जंगल में रोने की आवाज़ सुनकर वह वहाँ आया और उसे कुएँ से निकालकर उसके घर पहुँचा दिया। स्त्री ने घर जाकर माँ-बाप से कह दिया कि रास्ते में चोरों ने हमारे गहने छीन लिए और दासी को मारकर, मुझे कुएँ में ढकेलकर, भाग गए। बाप ने उसे ढाढस बँधाया और कहा कि तू चिन्ता मत कर। तेरा स्वामी जीवित होगा और किसी दिन आ जाएगा।

उधर वह लड़का जेवर लेकर शहर पहुँचा। उसे तो जुए की लत लगी थी। वह सारे गहने जुए में हार गया। उसकी बुरी हालत हुई तो वह यह बहाना बनाकर कि उसके लड़का हुआ है, फिर अपनी ससुराल चला। वहाँ पहुँचते ही सबसे पहले उसकी स्त्री मिली। वह बड़ी प्रसन्न हुई और पुष्प माला से उसका स्वागत किया। उसने पति से कहा, "आप कोई चिन्ता न करें, मैंने यहाँ आकर दूसरी ही बात कही है।" जो कहा था, वह उसने बता दिया।

सेठ अपने जमाई से मिलकर बड़े प्रसन्न हुए और उन्होंने उसे बड़ी अच्छी तरह से घर में रखा। कुछ दिन बाद एक दिन जब वह लड़की गहने पहने सो रही थी, उसने चुपचाप छुरी से उसे मार डाला और उसके गहने लेकर चम्पत हो गया।

मैना बोली, "महाराज, यह सब मैंने अपनी आँखों से देखा। ऐसा पापी होता है आदमी!"

राजा ने तोते से कहा, "अब तुम बताओ कि स्त्री क्यों बुरी होती है?"

इस पर तोते ने यह कहानी सुनाई।

कंचनपुर में सागरदत्त नाम का एक सेठ रहता था। उसका श्रीदत्त नाम का एक लड़का था। वहाँ से कुछ दूर पर एक और नगर था श्रीविजयपुर। उसमें सोमदत्त नाम का सेठ रहता था। उसकी एक लड़की थी – जयश्री। वह श्रीदत्त को विवाही थी। विवाह के बाद श्रीदत्त व्यापार करने परदेस चला गया। बारह बरस हो गए और वह न आया तो जयश्री व्याकुल होने लगी। एक दिन वह अपनी अटारी पर खड़ी थी कि एक आदमी उसे दिखाई दिया। उसे देखते ही वह उस पर मोहित हो गई। उसने उसे अपनी सखी के घर बुलवा लिया। रात होते ही वह उस सखी के घर चली जाती और रात-भर वहाँ रहकर दिन निकलने से पहले ही लौट आती। इस तरह बहुत दिन बीत गए।

इस बीच एक दिन उसका पति परदेस से लौट आया। स्त्री बड़ी दुःखी हुई अब वह क्या करे? पति थका-हारा था। जल्दी ही उसकी आँख लग गई और स्त्री उठकर अपने दोस्त के पास चल दी। रास्ते में एक चोर खड़ा था। वह देखने लगा कि स्त्री कहाँ जाती है। धीरे-धीरे वह सहेली के मकान पर पहुँची। चोर भी पीछे-पीछे गया। संयोग से उस आदमी को साँप ने काट लिया था और वह मरा पड़ा था। स्त्री ने समझा कि वह सो रहा है। वहीं आँगन में पीपल का एक पेड़ था, जिस पर एक पिशाच बैठा यह लीला देख रहा था। उसने उस आदमी के शरीर में प्रवेश करके उस स्त्री की नाक काट ली और फिर उस आदमी की देह से निकलकर पेड़ पर जा बैठा।

स्त्री रोती हुई अपनी सहेली के पास गई। सहेली ने कहा कि तुम अपने पति के पास जाओ और वहाँ बैठकर रोने लगो। कोई पूछे तो कह देना कि पति ने उसकी नाक काट ली है।

उसने ऐसा ही किया। उसका रोना सुनकर लोग इकट्ठे हो गए। आदमी जाग उठा। उसे सारा हाल मालूम हुआ तो वह बड़ा दुःखी हुआ। लड़की के बाप ने कोतवाल को सूचना दे दी। कोतवाल उन सबको राजा के पास ले गया। लड़की की हालत देखकर राजा को बड़ा गुस्सा आया।

उसने कहा, "इस आदमी को सूली पर लटका दो।"

वह चोर वहाँ खड़ा था। जब उसने देखा कि एक बेकसूर आदमी को सूली पर लटकाया जा रहा है, तो उसने राजा के सामने जाकर सब हाल सच-सच बता दिया। वह बोला, "अगर मेरी बात का विश्वास न हो तो जाकर देख लीजिए, उस आदमी के मुँह में स्त्री की नाक है।"

राजा ने दिखवाया तो बात सच निकली।

इतना कहकर तोता बोला, "हे राजा! स्त्रियाँ ऐसी होती हैं! राजा ने उस स्त्री का सिर मुँडवाकर, गधे पर चढ़ाकर, नगर में घुमवाया और शहर से बाहर छुड़वा दिया।"

यह कहानी सुनाकर वेताल बोला, "राजा, बताओ कि दोनों में अधिक पापी कौन है?

विक्रम ने कहा, "स्त्री।"

"कैसे?"

"मर्द कैसा ही दुष्ट हो, उसे धर्म का थोड़ा-बहुत विचार रहता ही है किन्तु स्त्री को नहीं रहता। इसलिए वह अधिक पापिन है।"

विक्रम के इतना कहते ही वेताल फिर पेड़ पर जा लटका। विक्रम लौटकर गया और उसे पकड़कर लाया।

रास्ते में वेताल ने पाँचवीं कहानी सुनाई। राजा विक्रम इस कहानी को भी बड़े ध्यान से सुनने लगा था।

सच्ची वीरता

उज्जैन में महाबल नाम का एक राजा रहता था। उसके हरिदास नाम का एक दूत था जिसकी महादेवी नाम की बड़ी सुन्दर कन्या थी। जब वह विवाह योग्य हुई तो हरिदास को बहुत चिन्ता होने लगी। इसी बीच राजा ने उसे, एक दूसरे राजा के पास भेजा। कई दिन चलकर हरिदास वहाँ पहुँचा। राजा ने उसे बड़ी अच्छी तरह से रखा। एक दिन एक ब्राह्मण हरिदास के पास आया। बोला, "तुम अपनी लड़की मुझे दे दो।"

"मैं अपनी लड़की उसे दूँगा," हरिदास ने कहा, "जिसमें सब गुण होंगे।"

"मेरे पास एक ऐसा रथ है," ब्राह्मण ने कहा, "जिस पर बैठकर जहाँ चाहो, घड़ी-भर में पहुँच जाओगे।"

"ठीक है। सबेरे उसे ले आना।"

अगले दिन दोनों रथ पर बैठकर उज्जैन आ पहुँचे। दैवयोग से पहले हरिदास का लड़का अपनी बहन को किसी दूसरे को और हरिदास की स्त्री अपनी लड़की को किसी तीसरे को देने का वादा कर चुकी थी। इस तरह तीन वर इकट्ठे हो गए। हरिदास सोचने लगा कि कन्या एक है, वर तीन हैं। क्या करे! इसी बीच एक

राक्षस आया और कन्या को उठाकर विंध्याचल पहाड़ पर ले गया। तीनों वरों में एक ज्ञानी था। हरिदास ने उससे पूछा तो उसने बता दिया कि एक राक्षस लड़की को उड़ा ले गया है और वह विंध्याचल पहाड़ पर है।

"मेरे रथ पर बैठकर चलो।" दूसरे ने कहा, "शीघ्र वहाँ पहुँच जाएँगे।"

"मैं शब्दवेधी तीर चलाना जानता हूँ।" तीसरा बोला, "राक्षस को मार गिराऊँगा।" वे सब रथ पर चढ़कर विंध्याचल पहुँचे और राक्षस को मारकर लड़की को बचा लाए।

इतना कहकर वेताल बोला, "हे राजन्! बताओ, वह लड़की उन तीनों में से किसको मिलनी चाहिए?" विक्रम ने कहा, "जिसने राक्षस को मारा, उसको मिलनी चाहिए, क्योंकि सच्ची वीरता तो उसी ने दिखाई। बाकी दो ने तो सहायता की।" विक्रम का इतना कहना था कि वेताल फिर पेड़ पर जा लटका और राजा फिर उसे लेकर आया तो रास्ते में वेताल ने छठी कहानी सुनाई।

सर्वोत्तम सिर

धर्मपुर नाम की एक नगरी थी। उसमें धर्मशील नाम का राजा राज करता था। उसका अन्धक नाम का दीवान था।

एक दिन दीवान ने कहा, "महाराज, एक मन्दिर बनवाकर देवी को बिठाकर पूजा की जाए, तो बड़ा पुण्य मिलेगा।"

राजा ने ऐसा ही किया। एक दिन देवी ने प्रसन्न होकर उससे वर माँगने को कहा। राजा की कोई सन्तान नहीं थी। उसने देवी से पुत्र माँगा।

"अच्छी बात है," देवी बोली, "तुझे बड़ा प्रतापी पुत्र प्राप्त होगा।"

कुछ दिन बाद राजा के एक लड़का हुआ। सारे नगर में बड़ी प्रसन्नता मनायी गई।

एक दिन एक धोबी अपने मित्र के साथ उस नगर में आया। उसकी निगाह देवी के मन्दिर पर पड़ी। उसने देवी को प्रणाम करने का इरादा किया। उसी समय उसे एक धोबी की लड़की दिखाई दी, जो बड़ी सुन्दर थी। उसे देखकर वह इतना पागल हो गया कि उसने मन्दिर में जाकर देवी से प्रार्थना की, "हे देवी! यह लड़की मुझे मिल जाय। अगर मिल गई तो मैं अपना सिर तुझ पर चढ़ा दूँगा।"

इसके बाद वह हर घड़ी बेचैन रहने लगा। उसके मित्र ने उसके पिता से सारा हाल कहा। अपने बेटे की यह हालत देखकर वह लड़की के पिता के पास गया और उसके अनुरोध करने पर दोनों का विवाह हो गया।

विवाह के कुछ दिन बाद लड़की के पिता के यहाँ उत्सव हुआ। इसमें शामिल होने के लिए न्यौता आया। मित्र को साथ लेकर दोनों चले। रास्ते में उसी देवी का मन्दिर पड़ा तो लड़के को अपना वादा याद आ गया। उसने मित्र और स्त्री को थोड़ी देर रुकने को कहा और स्वयं जाकर देवी को प्रणाम कर के इतने जोर-से तलवार मारी कि उसका सिर धड़ से अलग हो गया।

देर हो जाने पर जब उसका मित्र मन्दिर के अन्दर गया तो देखता क्या है कि उसके मित्र का सिर धड़ से अलग पड़ा है। उसने सोचा कि यह दुनिया बड़ी बुरी है। कोई यह तो समझेगा नहीं कि इसने अपने-आप शीश चढ़ाया है। सब यही कहेंगे कि इसकी सुन्दर स्त्री को हड़पने के लिए मैंने इसकी गर्दन काट दी। इससे कहीं मर जाना अच्छा है। यह सोच उसने तलवार लेकर अपनी गर्दन उड़ा दी।

उधर बाहर खड़ी-खड़ी स्त्री परेशान हो गई तो वह मन्दिर के भीतर गई तो अन्दर का दृश्य देखकर चकित रह गई। सोचने लगी कि दुनिया कहेगी, यह बुरी स्त्री होगी, इसलिए दोनों को मार आई, इस बदनामी से तो मर जाना अच्छा है। यह सोच उसने तलवार उठाई और जैसे ही गर्दन पर मारनी चाही कि देवी ने प्रकट होकर उसका हाथ पकड़ लिया और कहा, "मैं तुझ पर प्रसन्न हूँ। जो चाहो, सो माँगो।"

स्त्री बोली, "हे देवी! इन दोनों को जीवित कर दो।"

देवी ने कहा, "अच्छा, तुम दोनों के सिर मिलाकर रख दो।"

घबराहट में स्त्री ने सिर जोड़े तो गलती से एक का सिर दूसरे के धड़ पर लग गया। देवी ने दोनों को जिंदा कर दिया। अब वे दोनों आपस में झगड़ने लगे। एक कहता था कि यह स्त्री मेरी है, दूसरा कहता मेरी।

वेताल बोला, "हे राजन्! बताओ कि यह स्त्री किसकी हो?"

विक्रम ने कहा, "नदियों में गंगा उत्तम है, पर्वतों में सुमेरु, वृक्षों में कल्पवृक्ष और अंगों में सिर। इसलिए जिस शरीर पर पति का सिर लगा हो, वही पति होना चाहिए।"

इतना सुनकर वेताल फिर पेड़ पर जा लटका। राजा उसे फिर लाया तो उसने सातवीं कहानी कही।

सबसे बड़ा उपकार

मिथलावती नाम की एक नगरी थी। उसमें गुणधिप नाम का राजा राज करता था। उसकी सेवा करने के लिए दूर देश से एक राजकुमार आया। वह बराबर कोशिश करता रहा, लेकिन राजा से उनकी भेंट न हुई। जो कुछ वह अपने साथ लाया था, वह सब बराबर हो गया।

एक दिन राजा शिकार खेलने चला। राजकुमार भी साथ हो लिया। चलते-चलते राजा एक वन में पहुँचा। वहाँ उसके नौकर-चाकर बिछुड़ गए। राजा के साथ अकेला वह राजकुमार रह गया। उसने राजा को रोका।

राजा ने उसकी ओर देखा तो पूछा, "तू इतना कमजोर क्यों हो रहा है?"

उसने कहा, "इसमें मेरे कर्म का दोष है। मैं जिस राजा के पास रहता हूँ, वह हजारों को पालता है, पर उसकी निगाह मेरी ओर नहीं जाती। राजन् छह बातें आदमी को हल्का करती हैं, खोटे नर की प्रीति, बिना कारण हँसी, स्त्री से विवाद, असज्जन स्वामी की सेवा, गधे की सवारी और बिना संस्कारों की भाषा। और हे राजा, ये पाँच चीजें आदमी के पैदा होते ही विधाता उसके भाग्य में लिख देता है आयु, कर्म, धन, विद्या और यश। राजन्, जब तक आदमी का पुण्य

उदय रहता है, तब तक उसके बहुत-से दास रहते हैं। जब पुण्य घट जाता है, तो भाई भी बैरी हो जाते हैं। पर एक बात है, स्वामी की सेवा अकारथ नहीं जाती। कभी-न-कभी फल मिल ही जाता है।

यह सुन राजा के मन पर उसका बड़ा असर हुआ। कुछ समय घूमने-घामने के बाद वे नगर में लौट आए। राजा ने उसे अपनी नौकरी में रख लिया। उसे बढ़िया-बढ़िया कपड़े और गहने दिए।

एक दिन राजकुमार किसी काम से कहीं गया। रास्ते में उसे देवी का मन्दिर मिला। उसने अन्दर जाकर देवी की पूजा की। जब वह बाहर निकला तो देखता क्या है, उसके पीछे एक सुन्दर स्त्री चली आ रही है। राजकुमार उसे देखते ही उसकी ओर आकर्षित हो गया।

स्त्री ने कहा, ''पहले तुम कुण्ड में स्नान कर आओ। फिर जो कहोगे, सो करूँगी।''

इतना सुनकर राजकुमार कपड़े उतारकर जैसे ही कुण्ड में घुसा और गोता लगाया कि अपने नगर में पहुँच गया। उसने जाकर राजा को सारा हाल कह-सुनाया।

राजा ने कहा, ''यह अचरज मुझे भी दिखाओ।''

दोनों घोड़ों पर सवार होकर देवी के मन्दिर पर आए। अन्दर जाकर दर्शन किए और जैसे ही बाहर निकले कि वह स्त्री प्रकट हो गई।

''महाराज, मैं आपके रूप पर मुग्ध हूँ।'' राजा को देखते ही बोली, ''आप जो कहेंगे, वही करुँगी।''

''ऐसी बात है,'' राजा ने कहा, ''तो तू मेरे सेवक से विवाह कर ले।''

“यह नहीं हो सकता।” स्त्री बोली, “मैं तो तुम्हें चाहती हूँ।”

“सज्जन लोग जो कहते हैं, उसे निभाते हैं।” राजा ने कहा, “तुम अपने वचन का पालन करो।”

इसके बाद राजा ने उसका विवाह अपने सेवक से करा दिया।

इतना कहकर वेताल बोला, “हे राजन्! यह बताओ कि राजा और सेवक, दोनों में से किसका काम बड़ा हुआ?”

विक्रम ने कहा, “नौकर का।”

वेताल ने पूछा, “सो कैसे?”

राजा बोला, “उपकार करना राजा का तो धर्म ही था। इसलिए उसके उपकार करने में कोई विशेष बात नहीं हुई। लेकिन जिसका धर्म नहीं था, उसने उपकार किया तो उसका काम बढ़कर हुआ?” इतना सुनकर वेताल फिर पेड़ पर जा लटका और राजा जब उसे पुनः लेकर चला तो उसने आठवीं कहानी सुनाई।

सबसे बढ़कर

अंग देश के एक गाँव में एक धनी ब्राह्मण रहता था। उसके तीन पुत्र थे। एक बार ब्राह्मण ने एक यज्ञ करना चाहा। उसके लिए एक कछुए की जरूरत हुई। उसने तीनों भाइयों को कछुआ लाने को कहा। वे तीनों समुद्र पर पहुँचे। वहाँ उन्हें एक कछुआ मिल गया।

"मैं भोजनचंग हूँ," बड़े ने कहा, "इसलिए कछुए को नहीं छुऊँगा।"

"मैं नारीचंग हूँ," मंझला बोला, "इसलिए मैं इसे नहीं ले जाऊँगा।"

"मैं शैयाचंग हूँ," सबसे छोटा बोला, "सो मैं भी इसे नहीं ले जाऊँगा।"

वे तीनों इस वाद-विवाद में पड़ गए कि उनमें कौन बढ़कर है! जब वे आपस में इसका फैसला न कर सके तो राजा के पास पहुँचे।

राजा ने कहा, "आप लोग रुकें। मैं तीनों की अलग-अलग जाँच करूँगा।"

इसके बाद राजा ने बढ़िया भोजन तैयार कराया और तीनों खाने बैठे।

सबसे बड़े ने कहा, "मैं खाना नहीं खाऊँगा। इसमें से मुर्दे की गन्ध आती है।" वह उठकर चला गया।

राजा ने पता लगाया तो मालूम हुआ कि वह भोजन श्मशान के पास के खेत का बना था।

राजा ने कहा, "तुम सचमुच भोजनचंग हो, तुम्हें भोजन की पहचान है।"

रात के समय राजा ने एक सुन्दर वेश्या को मझले भाई के पास भेजा। ज्यों ही वह वहाँ पहुँची कि मझले भाई ने कहा, "इसे हटाओ यहाँ से। इसके शरीर से बकरी के दूध की गंध आती है।"

राजा ने यह सुनकर पता लगाया तो मालूम हुआ कि वह वेश्या बचपन में बकरी के दूध पर पली थी।

राजा बड़ा खुश हुआ और बोला, "तुम सचमुच नारीचंग हो।"

इसके बाद उसने तीसरे भाई को सोने के लिए सात गद्दों का पलंग दिया। जैसे ही वह उस पर लेटा कि एकदम चीखकर उठ बैठा। सेवकों ने देखा, उसकी पीठ पर एक लाल रेखा खींची थी। राजा को सूचना मिली तो उसने बिछौने को दिखवाया। सात गद्दों के नीचे उसमें एक बाल निकला। उसी से उसकी पीठ पर लाल लकीर हो गई थीं।

राजा को बड़ा अचरज हुआ उसने तीनों को एक-एक लाख अशर्फियाँ दीं। अब वे तीनों कछुए को ले जाना भूल गए, वहीं आनन्द से रहने लगे।

इतना कहकर वेताल बोला, "हे राजा! तुम बताओ, उन तीनों में से सबसे बढ़कर कौन था?"

विक्रम ने कहा, "मेरे विचार से सबसे बढ़कर शैयाचंग था, क्योंकि उसकी पीठ पर बाल का निशान दिखाई दिया और ढूँढ़ने पर बिस्तर में बाल पाया भी गया। बाकी दो के बारे में तो यह कहा जा सकता है कि उन्होंने किसी से पूछकर जान लिया होगा।"

इतना सुनते ही वेताल फिर पेड़ पर जा लटका। राजा लौटकर वहाँ गया और उसे लेकर लौटा तो उसने अगली कहानी कही।

सजातीय वर

चम्मापुर नाम का एक नगर था, जिसमें चम्पकेश्वर नाम का राजा राज करता था। उसकी सुलोचना नाम की रानी थी और त्रिभुवनसुन्दरी नाम की लड़की। राजकुमारी यथा नाम तथा गुण थी। जब वह बड़ी हुई तो उसका रूप और निखर गया। राजा और रानी को उसके विवाह की चिन्ता हुई। चारों ओर इसकी सूचना फैल गई। बहुत-से राजाओं ने अपनी-अपनी तस्वीरें बनवाकर भेजी, पर राजकुमारी ने किसी को भी पसन्द न किया।

राजा ने कहा, "बेटी, कहो तो स्वयंवर करूँ?"

"नहीं पिताश्री।" लेकिन वह राजी नहीं हुई। अंततः राजा ने तय किया कि वह उसका विवाह उस आदमी के साथ करेगा, जो रूप, बल और ज्ञान, इन तीनों में बढ़ा-चढ़ा होगा।

एक दिन राजा के पास चार देश के चार वर आए।

एक ने कहा, "मैं एक कपड़ा बनाकर पाँच लाख में बेचता हूँ, एक लाख देवता को चढ़ाता हूँ, एक लाख अपने अंग लगाता हूँ, एक लाख स्त्री के लिए रखता हूँ और एक लाख से अपने खाने-पीने का खर्च चलाता हूँ। इस विद्या को और कोई नहीं जानता।"

दूसरा बोला, "मैं जल-थल के पशुओं की भाषा जानता हूँ।"

तीसरे ने कहा, "मैं इतना शास्त्र पढ़ा हूँ कि मेरा कोई सामना नहीं कर सकता।"

चौथे ने कहा, "मैं शब्दवेधी तीर चलाना जानता हूँ।"

चारों की बातें सुनकर राजा सोच में पड़ गया। वे सुन्दरता में भी एक-से-एक बढ़कर थे। उसने राजकुमारी को बुलाकर उनके गुण और रूप का वर्णन किया, पर वह चुप रही। इतना कहकर वेताल बोला, "राजन्, तुम बताओ कि राजकुमारी किसको मिलनी चाहिए?"

विक्रम ने कहा, "जो कपड़ा बनाकर बेचता है, वह शूद्र है। जो पशुओं की भाषा जानता है, वह ज्ञानी है। जो शास्त्र पढ़ा है, ब्राह्मण है, पर जो शब्दवेधी तीर चलाना जानता है, वह राजकुमारी का सजातीय है और उसके योग्य है। राजकुमारी उसी को मिलनी चाहिए।"

विक्रम के इतना कहते ही वेताल गायब हो गया। विक्रम बेचारा वापस लौटा और उसे लेकर चला तो उसने दसवीं कहानी सुनायी।

चोर का त्याग

मदनपुर नगर में वीरवर नाम का राजा राज करता था। उसके राज्य में एक वैश्य था, जिसका नाम हिरण्यदत्त था। उसके मदनसेना नाम की एक कन्या थी।

एक दिन मदनसेना अपनी सखियों के साथ बाग में गई। वहाँ संयोग से सोमदत्त नामक सेठ का लड़का धर्मदत्त अपने मित्र के साथ आया हुआ था। वह मदनसेना को देखते ही उससे प्रेम करने लगा। घर लौटकर वह सारी रात उसके लिए बेचैन रहा। अगले दिन वह फिर बाग में गया। मदनसेना वहाँ अकेली बैठी थी। उसके पास जाकर उसने कहा, "तुम मुझसे प्रेम नहीं करोगी तो मैं प्राण दे दूँगा।"

"आज से पाँचवें दिन मेरी शादी होने वाली है।" मदनसेना ने उत्तर दिया, " मैं तुम्हारी नहीं हो सकती।"

वह बोला, "मैं तुम्हारे बिना जीवित नहीं रह सकता।"

मदनसेना डर गई। बोली, "अच्छी बात है। मेरा विवाह हो जाने दो। मैं अपने पति के पास जाने से पहले तुमसे अवश्य मिलूँगी।"

वचन देकर मदनसेना चली गई। उसका विवाह हो गया और

वह जब अपने पति के पास गई तो उदास होकर बोली, "आप मुझ पर विश्वास करें और मुझे अभय दान दें तो एक बात कहूँ।" पति ने विश्वास दिलाया तो उसने सारी बात कह सुनायी। सुनकर पति ने सोचा कि यह बिना जाए मानेगी तो है नहीं, रोकना बेकार है। उसने जाने की आज्ञा दे दी। मदनसेना अच्छे-अच्छे कपड़े और गहने पहन कर चली। रास्ते में उसे एक चोर मिला। उसने उसका आँचल पकड़ लिया।

मदनसेना ने कहा, "तुम मुझे छोड़ दो। मेरे गहने लेना चाहते हो, तो ले लो।"

चोर बोला, "मैं तो तुम्हें चाहता हूँ।"

मदनसेना ने उसे सारा हाल कहा, "पहले मैं वहाँ हो आऊँ, तब तुम्हारे पास आऊँगी।" चोर ने उसे छोड़ दिया।

मदनसेना धर्मदत्त के पास पहुँची। उसे देखकर वह बड़ा प्रसन्न हुआ और उसने पूछा, "तुम अपने पति से बचकर कैसे आई हो?"

मदनसेना ने सारी बात सच-सच कह दी। धर्मदत्त पर उसका बड़ा गहरा असर पड़ा। उसने उसे छोड़ दिया। फिर वह चोर के पास आई। चोर सब कुछ जानकर बड़ा प्रभावित हुआ और वह उसे घर पर छोड़ गया। इस प्रकार मदनसेना सबसे बचकर पति के पास आ गई। पति ने सारा हाल सुना तो बहुत प्रसन्न हुआ और उसके साथ आनन्द से रहने लगा। इतना कहकर वेताल बोला, "हे राजा! बताओ, पति, धर्मदत्त और चोर, इनमें से कौन अधिक त्यागी है?"

राजा ने कहा, "चोर। मदनसेना का पति तो उसे दूसरे आदमी

पर रुझान होने से त्याग देता है। धर्मदत्त उसे इसलिए छोड़ता है कि उसका मन बदल गया था, फिर उसे यह डर भी रहा होगा कि कहीं उसका पति उसे राजा से कहकर दण्ड न दिलवा दे। लेकिन चोर का किसी को पता न था, फिर भी उसने उसे छोड़ दिया। इसलिए वह उन दोनों से अधिक त्यागी था। विक्रम का यह उत्तर सुनकर वेताल फिर पेड़ पर जा लटका और विक्रम जब उसे लेकर चला तो उसने अगली कथा सुनाई।

•••

प्रश्नोत्तरी

1. गंधर्वसेन कहाँ का राजा था?
   - (अ) धारा नगरी का
   - (ब) दिल्ली का
   - (स) अयोध्या का
   - (द) कौशांबी का

2. विक्रम किसकी हत्या कर राजा बना?
   - (अ) अपने भाई की
   - (ब) अपने पिता की
   - (स) ससुर की
   - (द) अपने शत्रु की

3. भर्तृहरि की रानी का क्या नाम था?
   - (अ) पिंगला
   - (ब) सत्यवती
   - (स) भागवंती
   - (द) धनवंती

4. वेताल किससे सवाल करता था?
   - (अ) विष्णु से
   - (ब) भर्तृहरि से
   - (स) भूतों से
   - (द) विक्रम से

5. प्रतापमुकुट कहां का राजा था?
   - (अ) प्रतापगढ़ का
   - (ब) काशी का
   - (स) बनारस का
   - (द) अयोध्या का

6. केशव ब्राह्मण की पुत्री का क्या नाम था ?

(अ) केशवी (ब) कुन्ती

(स) मालती (द) शकुन्तला

7. मगध देश की राजकन्या के पास क्या था?

(अ) तोता (ब) हाथी

(स) तलवार (द) मैना

8. देवी का मंदिर किसने बनवाया था?

(अ) धर्मशील ने (ब) डाकू ने

(स) पंडित ने (द) प्रजा ने

9. मिथलावती नगरी में कौन राज करता था?

(अ) प्रताप (ब) काशी नाथ

(स) गुणधिप (द) सेनापति

10. मदसेना किसकी कन्या थी?

(अ) पंडित की (ब) किसान की

(स) लोहार की (द) हिरण्यदत्त की

उत्तर

1. अ 2. अ 3. अ 4. अ 5. ब 6. स 7. द 8. अ 9. स 10. द